Je suis PAUL LUEUR mais ça va changer !

SÉBASTIEN PEUREUX
AURÉLIEN FILANGI

LOÏC MÉHÉE

l'élan vert

SOMMAIRE

LA FAMILLE LUEUR

Le meilleur ami de Paul : Aurélio
Maman

tonton
papa
pépé

1

JE SUIS PAUL LUEUR, MAIS ÇA VA CHANGER

Je m'appelle Paul Lueur. Et je suis grand ! Je suis content, je voulais vraiment être grand ! Un grand comme papa, comme tonton, mais pas comme pépé. Parce que pépé c'est un grand petit.

Mais maintenant que je suis grand, je me demande si j'ai bien fait. Parce que les grands ils doivent être é-co-lo-gistes ! J'aime bien ce mot, ça fait grand c'est sûr, mais c'est compliqué. Même Manon qui est première de la classe ne comprenait pas le mot *écologique* : « École au quoi ? »

Comme dit papa, l'écologie, c'est TRÈS TRÈS important : pour le ciel, la Terre, les arbres, les animaux, même pour les Américains et les Chinois… c'est ce qu'il y a de plus important avec la santé. Et la santé dépend de l'écologie. Alors je lui ai répondu que l'écologie est plus importante que la santé. Il m'a regardé bizarrement et il a dit d'accord. J'étais content, j'avais compris l'écologie : c'est TRÈS TRÈS important.

Au début j'avais peur de la catastrophe écologique, parce que tout le monde risque de disparaître de notre belle planète. Au cinéma,

soit c'est la mer qui va engloutir les maisons, soit c'est le soleil qui va chauffer trop fort… L'histoire du gros dinosaure énervé j'ai vérifié, c'est pas un souci écologique.

L'autre problème que j'ai eu quand j'ai appris que tout le monde risque de disparaître de notre belle planète, c'est que tout le monde, c'est moi avec. Ma maîtresse me l'a bien expliqué le mois dernier, et je n'ai pas oublié :

— Punition pour TOUT LE MONDE ! a-t-elle dit.

J'ai levé le doigt pour demander :

— Même moi ?

Et elle a crié :

— TU N'ENTENDS PAS PAUL ? J'AI DIT : TOUT LE MONDE !!!

Mais ça ne répondait toujours pas à ma question. Alors j'ai dit très poliment :

— Si maîtresse, j'entends bien, merci.

Et puis, toujours aussi poliment :

— Est-ce que tout le monde, c'est aussi moi qui n'ai rien fait s'il vous plaît merci ?

Et j'ai eu deux punitions.

Donc tout le monde, c'est moi aussi, et la politesse, parfois, ça ne sert à rien. Alors j'ai décidé de devenir écologiste pour ne pas disparaître avec tout le monde.

La planète est en danger. Mais c'est quand le rendez-vous avec la catastrophe ? Pas avant Noël j'espère... parce que j'attends mes cadeaux depuis le début de l'année...

— Mais non, fiston. Être écologiste permet de protéger les générations futures !

— C’est qui les générations futures ?
— Bah ton fils, ton petit-fils…
— Mes fils seront grands !
— … Bref… vous n’êtes pas encore en danger, ni toi ni tes cadeaux. Mais si les gens continuent de polluer comme ils le font aujourd’hui, ça pourrait arriver.

J'étais content. Content d'être grand. Je vais faire des efforts écologiques. Pour sauver la planète, et sauver mes cadeaux. C'est triste des cadeaux qui disparaissent… surtout si on a été gentil toute l'année. Et moi, en toute fin d'année, je suis toujours très gentil !

QUIZ
C
ALERTE
ROUGE

QUIZ

De GRANDS DANGERS guettent notre planète ! Parmi les super-méchants ci-dessous, lesquels connais-tu ?

1

DéforestMan, et ses bras-tronçonneuses qui font aux forêts une coupe bien dégagée autour des oreilles.

2

Radiator, qui accélère le réchauffement climatique avec son souffle de CO_2.

3 Boulimix, qui régurgite ses tas d'ordures après avoir englouti des millions d'objets.

4 Décérébrêle, qui mange de la soupe d'animaux en voie de disparition parce qu'il est certain que ça le rend plus malin.

5 Asèchetou, le poulpe géant qui pompe les réserves d'eau douce pour arroser le golf abritant sa gigantesque base secrète.

Tu vas apprendre à les connaître, découvrir leurs points faibles, et déjouer leurs plans maléfiques !

PAUL !

2

BULLES DE SAVANT

— Paul, ferme ce robinet s'il te plaît !

Parfois maman crie. Papa lui dit toujours : « Mais pourquoi tu cries, on est à côté… on n'entend pas mieux quand tu cries, tu sais… » Moi je pense qu'elle le sait, qu'on n'entend pas mieux quand elle crie. Mais peut-être qu'elle ne voit pas qu'on est à côté. Papa dit qu'elle est sourde. Mais en fait, si ça se trouve, elle est myope.

Papa à maman :

— Peux-tu éviter de crier s'il te plaît ma chérie ?

Moi à Maman :

— Mais j'ai pas fini !

Maman à moi, toujours en criant :

— Ferme ce robinet, je te dis !!!

Elle a quand même un peu baissé la voix, mais pas trop, sinon c'est comme si papa avait raison. J'ai soufflé très fort en gonflant les joues comme un crapaud pour montrer que ça m'énervait.

— Pff… D'accord.

Papa s'est approché de moi et a vu mes mains pleines de savon.

— Tu ne t'es pas encore rincé les mains ? m'a-t-il demandé un peu agacé.

— J'avais presque fini.
— Maman se fâche parce que tu mets beaucoup trop de temps pour te laver les mains.

Maman s'est approchée aussi pour vérifier. Elle était vraiment juste à côté de nous maintenant et pourtant, elle criait encore…
— Tu ne t'es pas encore rincé les mains ???

Quand maman fait les vagues avec le front comme maintenant, c'est qu'elle est fâchée, et comme papa comprend le langage des vagues, il a préféré aller dans le salon sur la pointe des pieds en me faisant un petit clin d'œil. Me voilà donc avec maman en tête à tête :

— J'ai les mains pleines de savon.

— J'ai bien vu, m'a répondu maman en fronçant encore un peu les sourcils, mais sur un ton beaucoup plus doux.

— J'ignore ce que tu fabriques quand tu te laves les mains, mais il ne faut pas faire couler l'eau si longtemps. C'est bien que tu te les laves, mais l'eau tu sais, il faut l'économiser.

— Pourquoi ?

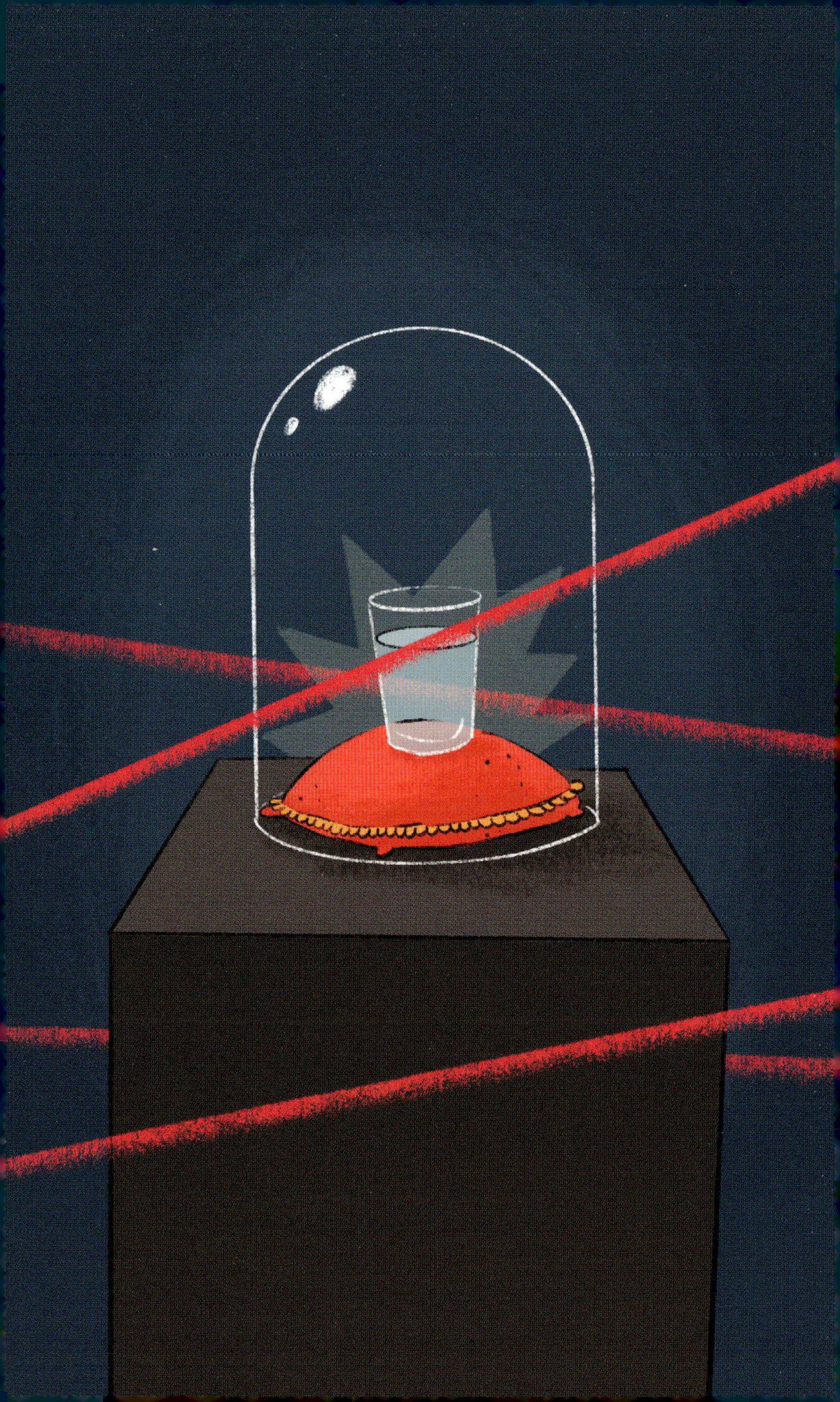

— L'eau est précieuse. C'est très difficile de la filtrer et de la rendre potable, et encore plus de l'acheminer jusqu'aux habitations. Dans certains pays, le voyage de l'eau a tout du parcours du combattant, et elle n'arrive pas toujours à destination.

— Des enfants n'ont pas d'eau chez eux ?

— Malheureusement non... Tu sais, toute notre ville est approvisionnée par la même source d'eau, c'est donc une chance d'avoir de l'eau chez soi. Selon les endroits, l'eau peut venir du sol, des rivières et des réservoirs naturels ou artificiels comme les lacs. Il faut que tu apprennes à utiliser l'eau de façon écologique.

— Encore l'é-co-lo-gie !

Maintenant maman souriait, plus de vague à l'horizon.

— Bah oui, c'est…

— TRÈS TRÈS important, je sais… Et pourquoi les enfants qui n'ont pas d'eau chez eux ne récupèrent pas l'eau de la mer ? Il y en a beaucoup !

— Ah oui petit malin ? Et l'eau de la mer n'est-elle pas différente de celle du robinet ?

Je me suis souvenu de nos vacances en Bretagne. J'avais ouvert les yeux sous la mer pour regarder les coquillages. L'eau salée avait tellement piqué mes yeux ! Ils étaient devenus aussi rouges que ceux d'un vampire avec une conjonctivite !

— Eh oui, l'eau de la maison est douce ! Il faut donc la partager.

— Et… pourquoi ils ne prennent pas l'eau de pluie ?

— Et pourquoi toi non plus tu n'attends pas qu'il pleuve pour te laver ? Tu ressemblerais à quoi en été ?

J'ai réfléchi à ce que serait la vie sans douche : par exemple après un match de foot avec Aurélio, obligé de me pincer le nez en classe à cause de son odeur de chaussettes moisies… J'étais donc d'accord avec maman, et je le lui ai dit.

— Très bien mon chéri. Tu promets d'économiser l'eau à l'avenir ?

— Promis craché, ma maman que j'aime.

Et elle m'a fait un gros bisou sur le front. J'ai décidé de rejoindre papa qui était en train de lire dans le salon son « Incroyable » (c'est le surnom que j'ai donné à son magazine *Science et Vie*, car à la fin de chaque article, il dit toujours : « INCROYABLE ! »). Après une minute de patience :

— INCROYABLE !

Il a levé les yeux et m'a dit :

— Viens là mon grand. Alors, as-tu bien écouté ta mère ?

— Oui, elle m'a dit qu'il ne fallait pas gaspiller l'eau.

— C'est bien. Qu'est-ce qu'elle t'a dit d'autre ?

— Qu'il faut partager l'eau douce.

Et qu'avec l'écologie, on ne doit plus jouer avec l'eau potable, mais on peut quand même se laver l'été.

Papa a souri et il a juste ajouté :

— Et elle ne t'a pas parlé de la facture ?

Je n'ai pas compris la question, mais comme ça n'avait pas l'air d'être lié à l'écologie, je me suis dit que ça ne devait pas être très important.

QUIZ

QUIZ

PRÉSERVER L'EAU est une mission essentielle pour tous les super-héros, car elle est la source de la vie sur Terre. Comment pourrais-tu l'économiser ?

Complète chaque phrase avec le mot qui convient :

1

Tu peux récupérer **l'eau froide** qui coule au début de ta douche avec un ..... et la réutiliser pour tes toilettes ou ton jardin.

- **A** camion-citerne ;
- **B** seau ;
- **C** gobelet.

2 Réponse : **F** eh oui, même dans les déserts, le vent apporte de minuscules gouttelettes qui peuvent être récupérées.

3 Réponse : **G** la désalinisation est un procédé qui a fait ses preuves.

2 Dans les régions les plus sèches du monde, on peut récupérer l'**humidité de l'air** en installant un piège à ....

D cactus ;
E dromadaires ;
F vent.

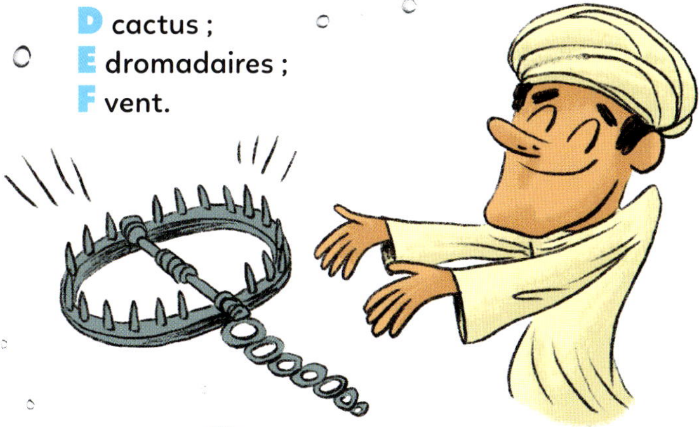

3 Il existe des usines qui transforment l'eau de mer en **eau douce**. Ce sont des usines de ....

G désalinisation ;
H déstabilisation ;
I deseauxdemerisation.

1 Réponse : **B**
un bon moyen de limiter
la consommation d'eau de la famille.

3

MARÉE NOIRE, ALERTE ROUGE

Tonton Edmond m'a offert la Batmobile. Ne vous trompez pas : c'est la voiture de Batman, pas son téléphone portable. Hier soir j'avais décidé de lui faire faire des cascades dans le salon quand tout à coup, papa a crié un gros mot. En réalité, je n'étais pas sûr que c'était un gros mot… peut-être un mot scientifique compliqué ? J'ai alors dégainé mon super regard

oOOooOh-qu'est-ce-qu'il-a-dit-papa en direction de maman. L'effet a été instantané :

— Chéri, fais attention ! Paul, je compte sur toi pour ne pas répéter.

Ce n'était donc pas un mot savant.

— Promis craché maman !

Pour dire la vérité, je n'avais pas bien retenu le gros mot, c'était facile de promettre. À l'école, gros mot loupé, honte assurée !

— Pourquoi t'as dit le gros mot papa ?

— Parce que j'étais très énervé. Mais ça n'est pas une raison.

— Pourquoi tu es énervé ?

— Parce qu'il y a un pétrolier qui s'est échoué aujourd'hui.

Papa a vu que je faisais une drôle de tête parce qu'il s'est assis près de moi pour m'expliquer.

— Un pétrolier, c'est un bateau qui transporte beaucoup de pétrole.

— Des pets de troll ? Mais c'est dégoûtant !

Papa a rigolé.

— Mais non, pas des prouts de monstres, du pé-trole ! C'est un liquide que l'on trouve dans le sol et avec lequel on fabrique de l'essence, du plastique, ou encore du goudron pour les routes. Le bateau s'est brisé et le pétrole est donc en train de polluer la mer.

— Comment ?
— Eh bien il forme une immense flaque noire visqueuse qui va dériver jusqu'à ce qu'elle rencontre la terre ferme. Les côtes et la plage vont aussi être polluées.
— Les enfants ne pourront plus faire de châteaux de sable ?
— Non.
— Ils pourront faire des châteaux de pétrole ?
— Non plus. Le pétrole est mauvais pour la santé.
— Et les poissons ?
— Ceux qui ont besoin de remonter en surface risquent de s'étouffer et de mourir. Tout comme les oiseaux qui

pêchent dans la mer. Sans compter toutes les plantes sous-marines, les coquillages…

C'était horrible ce que racontait papa. À la télé ils montraient plein d'oiseaux tout noirs qui essayaient de

s'envoler mais qui n'y arrivaient pas parce qu'ils étaient collés comme sur du chewing-gum. C'était trop triste.

— Pourquoi on n'interdit pas les pétroliers ? ai-je demandé en colère.

— On n'a pas trop le choix, m'a répondu papa. Sans pétrole, pas d'essence, et pas d'essence, pas de voiture ! Comment ferais-je pour te déposer à l'école ? Tu vois, les petits choix que nous faisons au quotidien peuvent avoir de lourdes conséquences.

J'ai alors eu une super idée :

— On peut y aller à pied !

Papa est devenu tout rouge.

— Hein ?! Mais c'est loin Paul tu sais. Et puis la voiture ne consomme pas tant d'essence que ça, c'est une hybride…

— J'aime bien marcher. C'est é-co-lo-gi-que !

Maman n’arrêtait pas de rigoler en regardant papa la tomate.

— C’est bien mon amour, m’a-t-elle dit avant de me faire un bisou sur le front. L’école est à VINGT-CINQ minutes de marche à peine…

— Très drôle, a dit papa en se grattant la tête.

Et puis il est retourné dans le canapé et il a changé de chaîne.

J'espérais que les oiseaux allaient être sauvés. Quand je serai grand, j'aurai une voiture comme la Batmobile, mais qui n'aura pas besoin d'essence. Elle fonctionnera à l'eau de mer, comme ça si les bateaux se brisent, ils ne pollueront plus rien.

QUIZ

QUIZ

PLASTIQUE, ESSENCE, GOUDRON… nous sommes cernés par les produits à base de pétrole. Mais à bon super-héros, rien n'est irremplaçable !

Comment chasser le pétrole et ses dérivés ? Trouve l'intrus.

1 On peut utiliser **l'amidon de maïs** pour fabriquer des stylos.

2 On peut transformer l'eau en **hydrogène,** un carburant écologique pour les véhicules.

3 Les tissus à base de végétaux, comme **le coton, le chanvre** ou **le lin,** sont plus sains que ceux à base de pétrole comme le polyester.

4 On peut fabriquer des Playmobil en **canne à sucre.**

Réponse : c'était un piège ! Il n'y a pas d'intrus. Et le Playmobil, faudra pas le tremper dans le café de tes parents.

DANS LA MÊME COLLECTION :

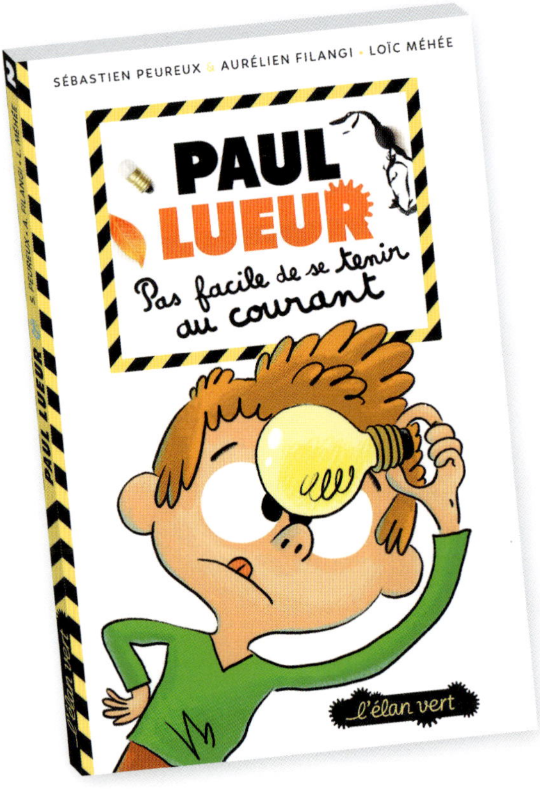

3 NOUVELLES HISTOIRES
À DÉCOUVRIR

Poubelle ou pantalon, il faut choisir
› NE PAS JETER SUR LA VOIE PUBLIQUE

Pas facile de se tenir au courant
› ÉCONOMIE D'ÉNERGIE

Comment grimper en conservant l'équilibre
› ÉCOSYSTÈMES

Photographies : Delphine Humeau

dépôt légal mars 2021 - Bibliothèque nationale 978-2-84455-617-2
Loi n° 49-956 du 16 juillet 1949 sur les publications destinées à la jeunesse.

Imprimé en Europe

FSC
www.fsc.org
MIXTE
Papier issu de
sources responsables
FSC® C016890